Herstellung: Books on Demand GmbH

ISBN 3-8311-2899-5

"Geliebte und Geliebter..."

Verschenktexte

von

Claudia Suppus-Mayer

Für meine Kinder

Für Silke, meine Freundin

Für Robby, meinen Bruder

Für Günther

Für Klaus,
der sich meinen pubertären Herzschmerz
anhören mußte,
der mir mit Nachhilfe und viel Geduld durch
meine Ausbildung half

Für Frau Hehner und Frau Wirsing,
die mir meinen Stolz ließen

Für Babs und Micha,
die meinen Kindern und mir Zuflucht boten
und die mir dabei halfen meine tot geglaubte
Seele wiederzubeleben

Für Jürgen,
der auch einen nicht ganz unwesentlichen
Anteil daran hatte

Für Andrea,
eine starke Frau. Ich weiß es!

Für Horst,
der mich als väterlicher Freund immer
wieder davor bewahrte in noch tiefere
Abgründe zu stürzen

Für Jochen,
der mich mit "seinem" Händel in eine ganz
andere Bewußtseinsebene katapultierte

Für Gerald,
für den ich mir wünsche, daß er seinen
"heiligen Gral" bald finden möge

Für W. ,
der mir Mut machte, mir unglaublich viel
Kraft gab, um die Hölle zu überstehen, der
an mich glaubte, mich inspirierte
und den ich liebe

Inhalt

Begegnung

Achterbahn und Seelenqual

Abschied

Freiheit

Begegnung

Erkenntnis

Ganz egal
welche Erfahrungen
du machst
im Leben
es ist nichts
im Vergleich dazu
was du
mit dir selber
ausmachen
mußt.

Der Honigtopf

Im Kühlschrank
nur noch
löchriger, alter Käse
noch nicht mal eine
Flasche roten Wein

Im Dorf
nur Kirche, Sportverein
Tupperparties
und Kuchen - gratis

Da flog eine kleine Honigbiene
summend und brummend
rund um meinen Kopf

Und ich sah ihn stehen
den glänzenden Honigtopf
und ging
baden...

Gefunden

Ich sah dein Bild
und konnt's kaum glauben
Da sah ich sie
weich und verheißungsvoll
der Traum von einer Frau!

Ungeduldig erwartete ich
unser erstes Treffen
Dann sah ich dich vor mir
ganz natürlich
Es gab dich wirklich!

Dein Gesicht ganz ungeschminkt
und deine sinnlichen Lippen
Deinen Wesen offen
und entwaffnend - absolut!

Und deine Stimme erst
die samtig, leise mit mir sprach
Die weckte
ungestillte Sehnsucht
ganz tief in mir.

Ich war betört,
dahingeschmolzen
von deinem Anblick
und deinem Wesen
und konnt' dich einfach
nur noch lieben...

Liebeserklärung

Wir trafen uns
im Park
heimlich
hielten uns nur fest
ganz still
und der
Gesang deiner Augen
klang
lieblicher
als jedes
gesprochene
Wort.

Der Schwan
(für W.)

Einst war ich ein verlorenes Kind
irrte herum, schon fast erfroren
und war so schrecklich blind
ich wär' beinahe gestorben

Verlassen, gejagt, gefangen,
mißhandelt und vertrieben
benutzt für Lügen und Intrigen

Ich hörte auf den Rat der Meute
und war doch selber nur die Beute

Die Erkenntnis kam - und wie!
und schaffte viele Löcher
in die ich eines Tages fiel
nicht einer kam mit seinem Köcher!

Im Gegenteil: Sie lachten
Jetzt erst konnten sie's
so richtig schön
ausschlachten.

Ich lief davon,
verzweifelt
mit meinen Kindern an der Hand
suchte Hilfe, Trost und Wärme
die ich in meiner Heimat niemals fand.

Gesehen hab' ich vieles
und auch was gefunden
doch war's oft nur Schwammiges
und Trübes
verlogenes Geheuchel
für ein paar Stunden.

Als wir uns trafen
gabst du mir ohne groß zu fragen
ein sicheres Vehikel
für meine dunklen Straßen.

Du gabst mir Mut
und auch mein Lachen
Was machten wir
für herrlich verrückte Sachen!

Ich gab dir dafür meine Liebe
und hätten wir uns nie gesehen
ich triebe
noch immer hilflos paddelnd
durch den Sumpf
ätzend, stinkend, gar nicht schön
in meinen falschen
verklebten
Entenfedern.

Danke!

Begegnung

Deine Hand in meiner Hand
meine Hand in deiner Hand

Für einen flüchtigen Moment
blieb die Zeit für uns stehen.

Für einen flüchtigen Moment
war es unsere Welt
in der nur unsere Energien flossen.

Und es bleibt die Erinnerung
an eine Begegnung
die nicht in den Rahmen
"flüchtig"
passen will.

Beredsame Augen

Als ich deine Augen sah
ein wenig bang
und voller Fragen
da spürte ich es - noch immer
tief und intensiv

Ein bunter Strauß
von schönen Farben
festverbandelt mit dem Himmel
und der Hölle - sicherlich

Zwischendrin die Erde
auf der ich saß
mit dem Schlüssel in der Hand

Ein Geheimnis,
das zu viele teilten,
doch diese Schönheit nicht

Verschließen?

Nein, wozu?

Wie sonst könnten all' die Farben
strahlen,
in der Stille
manchmal mitten in der Nacht?

Dann sehe ich diese bunte
Frühlingswiese
höre dieses eine Lied

Du hast Flügel,
ich habe meine
und -
ich fliege, fliege, fliege ...

Blumen im Garten

Ich stand im Garten
und wühlte
in guter Muttererde
pflanzte Blumen
gelb und blau

Und ich sinnierte
wie die Welt wohl wäre
ohne Erde,
gelb und blau

Dann hörte ich deine sanfte Stimme
die leise, flüsternd und
so wunderschön melodisch
meinen Namen
haucht'
ganz tief in mir drinne

Und ich war glücklich,
überglücklich
ich sang
und tanzte
herrlich beschmutzt
von guter Muttererde
getaucht in Farben
duftend
gelb und blau.

Mein Herr und Meister

Die Jungfrau saß auf einer Wiese
ausgehungert
einsam
ungeliebt
doch spann sie unverdrossen
ihre Träume wieder
und sang dazu ihr "Blümchen"-Lied.

Da kam vorbei
ein Herr und Meister
sah sie
und dachte sich vergnügt:
"Die ist richtig,
die kann ich biegen
die wird sich fügen
und mir schnell zu Füßen liegen".

Er rief: "Lass ab von all dem Kleister,
ich bin jetzt dein Herr und Meister!"

"Die Liebe sollst du pur erleben
und mit mir in den Himmel schweben
Ich schwöre, daß es stimmt
du wirst leben hoch droben im Olymp".

"Doch willst du bald den Himmel sehen
mußt du durch die Hölle gehen
Hier geht's runter
und zwar munter!"

"Lass' uns dies schriftlich schnell
besiegeln
denn von nun an
mußt du in Ketten liegen
Glaub' mir,
es wird dir an nichts fehlen
das kann ich nicht verhehlen
Brot und Käse, teurer Wein
lass' keine Wünsche offen sein
Eine Wohnung, Auto,
vielleicht baue ich noch ein Haus
jetzt unterschreib' ganz schnell
sonst wird nichts daraus!"

"Doch vergiß nie was du bist -
ein Nichts
und das Gesetz bin ich!"

Die arme Jungfrau fast verhungert
noch immer auf der Wiese lungert
und in ihrer Not
nahm sie das harte Zuckerbrot
Sie kaute, daß es nur so krachte
und der Teufel lachte

Ihr Magen füllte sich allmählich
und nährte auch den Geist
Sie dachte: "Bin ich dämlich?"
"Was will der Kerl so kühn und dreist?"
"Der benimmt sich gar nicht ziemlich
besser ich verzieh' mich!"

Und flugs, da rannte sie
so schnell sie konnte,
denn ihr Meister,
der roch Lunte.

Aschenputtel

Wir trafen uns
endlich
nach vielen langen
schönen Briefen
und du warst in mich verliebt
noch ehe du mich
wirklich gesehen hattest.

Meine Hülle
war noch nicht verwandelt
und du nahmst mich
an die Hand
führtest mich
zum Tanz.

Oh ja, es war ein
schwindelerregender Reigen
und es gab so viele neue Dinge!
Dein Tempo konnte ich nicht halten
stolperte und fiel.

Und die verflixten roten Schuhe?
Die paßten leider nicht.

Geblendet

Du sprachst von Liebe,
Sicherheit und Heim
und ich fühlte, daß ich bliebe
in deinen Armen
und ich war Dein.

Doch dann kam die Verwandlung
Ich übersah die Handlung!
Und der Schreck fuhr mir in die Glieder
da war ein fremder Mann,
den kannte ich nicht wieder.

Der Fremde lachte nur noch höhnisch
und vor mir stand
"Blaubart" -
höchstpersönlich!

Ich nahm die Beine in die Hand
und rief:

"Nie wieder!"

Rendezvous

Der Gedanke an dich,
an deine Augen
das macht mich ganz konfus.

Dann stehst du vor mir
und ich weiß nicht mehr
wie mir geschieht.

Mein Verstand
eben noch mit leiser,
warnender Stimme
verstummt
und ich bin nur noch Frau.

Es ist mehr als nur ein Prickeln,
mehr als nur die pure Lust,
als ob es niemals anders war
vertraut
und
unerklärlich ...

Geliebte und Geliebter

Wenn unsere Gedanken
sich des nachts
auf unserem Stern begegnen,
dann weiß ich erst
wie unwichtig und klein
doch alles andere ist.

In diesem einen kostbaren Moment
wenn unsere Seelen miteinander
tanzen,
wenn unser gegenseitiges Verstehen
und unser Gespür füreinander
uns das wahre Leben wieder geben.
Dann weiß ich erst,
daß ich die mir gesetzten Grenzen
nicht mehr länger anerkennen muß.

Der Freudentanz unserer Seelen
verwandelt sich zum Fundament
unserer oberflächlichen Fassade
die wir in der Gefangenschaft *"Ehe"*
vor uns hertragen
und pflegen müssen.

In sich getragen
von dem sorgsam erbauten Gerüst
der Erinnerung
an unser herzliches Lachen
und dem Feuer unserer Leidenschaft.

Die Erinnerung,
die uns am Leben hält
und die wir hüten
wie einen Schatz.

Ich bin nicht *"Dein"*
und du bist nicht *"Mein"*
und doch sind wir es mehr
als es die Symbolkraft
zweier Ringe
jemals ausdrücken könnte.

Gezähmt
(für W.)

Es roch nach Salz und Seelenhaut
und tausend Dämme brachen
hinter mir
und wurden zu tosenden Gewässern
die sonst niemand sah
außer mir.

Und ich hielt fest
ganz fest
an diesen einen
lebensrettenden Gedanken.

Und als ich durch
den blauen Bogen
der Wahrheit
ging
ohne Kleider
und vertraute

Da konnte auch
das Licht der Sonne
nicht mehr verblassen
und ich hab'
die Liebe
endlich
in mein Herz gelassen.

Achterbahn

und

Seelenqual

Ohne mich

Ohne mich kannst du nicht
leben?

Nein, das ist nicht wahr!

Denn ich lebe in dir
und du in mir.

Nimm' dir die Zeit
für ein paar Minuten
und lausche
der Erinnerung

Kannst du sie hören
unsere süße Melodie?

Sie wird dich führen
und du
wirst wieder
tanzen

Meine schöne Poetin

Du hast mich sehr beschämt
mit deinen Worten,
deinen Taten
denn ich *darf* dir das nicht so
wiedergeben
was du mir gabst und gibst.

Du weißt, daß in mir
ein ganz, ganz starkes Gefühl
für dich ist
und ist nicht auszulöschen!

Doch darf ich's niemals sagen
denn wenn ich es täte,
ich würde meine Frau verraten.

Sie, der ich mein "Ja"-Wort gab
vor vielen langen Jahren.
Sie hielt mir stets die Treue
und mir auch den Rücken frei
vertraut mir - bedingungslos
bis heute.

In meinen Grundmauern
bin ich völlig erschüttert
seit ich dich kenne.
Bin zutiefst berührt
von deiner Zuneigung
und dem was ich
bei dir,
mit dir,
durch dich
erleben durfte.

Und es tut mir in der Seele weh,
daß wir nicht nehmen dürfen,
was wir doch beide so sehr brauchen.

Doch unser beider Leben ist wichtig
und muß weitergehen - irgendwie.

Du bedeutest mir sehr viel
und auch
unser beider Leben.

Zwei Leben voller Kleinigkeiten.

Wenn Worte einfach nicht genug sind

Mitternacht -
Ich wandle schlaflos,
wie so oft
meine Gedanken sind bei dir.

Ein paar Zeilen möchte ich schreiben,
doch sprachlos bleibt,
was ich empfinde,
zu klein erscheint mir jedes Wort.

Es müßte neu erfunden werden,
damit es mir genüge
und dir,
dem ich es schreiben will.

Nach dem Streit

Du bist gekommen
und ich weiß nicht,
ob ich lachen oder weinen soll.

Dein Blick ist so schrecklich leer.

Seite an Seite
und doch
so unendlich fern.

Unsere selbst errichtete Mauer
ist sehr hoch,
ich kann dich nicht mehr sehen.

Das Klettern ist mühsam,
aber ich spüre,
daß leise,
ganz leise,
ein Stein nach dem anderen
fällt.

Ausgeraubt

Neugierig stehst du vor meinen
meterhohen Mauern
und fragst dich,
was wohl dahinter sein mag.

Nachdem du alle kostbaren Steine
einzeln abgetragen und geraubt hattest,
fandest du nur noch das
was von mir übrig blieb.

Enttäuscht
gingst du mit meinen
Schätzen davon.

Die Mauer steht nicht mehr,
doch die Tür zu meinem Herzen
ist stärker als je zuvor.

Rücksicht

Ist ein Begriff,
der eigentlich nie gebraucht wird.

Es sei denn,
wir erkennen die Gefahr
einen Menschen zu verlieren,
der uns im Augenblick des Verlustes
erst als wertvoll erscheint.

Aus dieser Erkenntnis heraus
sind wir plötzlich bereit
nachzudenken
und
zu handeln.

Meine Träume

Wenn ich sie dir erzähle,
stellst du sie hin als
kindliche Phantasie
und sagst,
ich solle endlich
erwachsen werden.

Meinst du denn,
Erwachsene
haben keine Träume?

Einsam

So gerne möchte ich dich sehen,
weil ich mich schon allein dadurch
besser fühle.

Ich will
deine Stimme hören,
mit dir reden,
mit dir lachen.

So gerne möchte ich dich als Freund.

So gerne möchte ich glauben,
daß du mich liebst,
doch ich spüre,
daß es nur eine Lüge ist.

Kälte

Manchmal bin ich traurig,
dann wünsche ich mir einen Menschen,
der mir zuhört,
mich umarmt,
mich tröstet,
und vielleicht versteht -
man kann ja nicht zuviel verlangen.

Aber all' die Menschen, die ich sehe
haben keine Zeit,
selbst genug Probleme
und haben Angst vor zuviel Nähe.

Manchmal bin ich glücklich,
dann wünsche ich mir Menschen,
mit denen ich meine Freude teilen kann.
Aber ich sehe nur Menschen,
die dicke Mauern um sich gebaut haben
und mich nur für verrückt halten.

Dann frage ich mich,
wie es möglich ist
in dieser kalten Welt
zu überleben.

Ungenügend

Du sagst,
ich sei zu jung,
um dein Lebenspartner zu sein,
ich könne neben dir nicht
repräsentieren.

Aber du sagst auch,
du bist gern mit mir zusammen,
möchtest dich mit mir austauschen -
natürlich nur versteckt und heimlich.

Für dich bin ich nur ein Objekt
um deine Gelüste zu befriedigen.

Das ist für mich
ungenügend!

Eine Frage des Alters?

Immer wieder
frage ich mich,
wie groß die Distanz
zwischen uns
wirklich ist.

Immer wieder
gebe ich mir
dieselbe Antwort:

10 Jahre

Gefangen

Vor dem Gesetz war es besiegelt,
und ich war eingesperrt.

Ließ mir die Haare schneiden
mich verbiegen
und sogar den Mund verbieten.

Ich zog mir deine Kleider an,
die mir nicht paßten
übergroß und grau.

Und in der Nacht
schlich ich heimlich
durch das Haus
suchte nach mir
im Spiegel
und sehnte mich
nach einem wärmenden Feuer
und wollte raus
aus deinen Kleidern.

Du sprichst von Liebe...

Du sprichst von Liebe
und schlägst auf mich ein
und schlägst auch
unser Kind
in meinem Bauch

Sag' mir bitte,
was soll das sein?

Liebe?

Betrogen

Du kommst in unser Nest
nach einer Feier
morgens früh um vier
betrunken
umhüllt von einer Wolke
von Parfüm und Bier
und schon wieder dieselbe Leier.

Du sagst
das kommt vom Tanzen
und siehst mich nicht mal an.

Die Lüge steht dir ins Gesicht
geschrieben
und ich höre deine Worte
die ich nicht länger glauben kann.

Verraten

Als ich verzweifelt war
und niemanden sonst hatte
bots du mir deine Freundschaft an.

Wir machten eine Reise,
nach Belgien
ans Meer.

und ich nahm dankbar an.

Reden können, endlich reden
ein kleines bißchen Ruhe
das tat so gut
und ich vertraute dir.

Doch hätte ich nur geschwiegen,
es mit mir selber ausgemacht.
Es wär' mir viel erspart geblieben
und du hast nur gelacht
mit deiner Nachbarin.
Ich stand im Wald daneben
und hörte hin.

Verbotene Früchte

Du kamst und nahmst
was dir nicht gehörte
die Konsequenzen waren dir egal.

Hast sie
benutzt,
verbraucht
und
weggeworfen
und konntest nur noch feige sein.

Aus der Ferne sahst du zu
wie sie verzweifelt kämpfte
und schließlich hilflos unterging
und mit ihr das Kind
dein Kind,
von dem du wußtest
aber das war ja nicht dein Ding.

Du wolltest deine Scheune
und Birgit, deine "Neue"
und triebst dein böses Spiel
Probleme?
Nein, das war zuviel!

Die Leute zerrissen sich die Mäuler
und sie stand mittendrin
zurück blieb nur ein Scherbenhaufen,
Scheidungskinder.

Das alles nur für Lustgewinn?

Verloren

Dein Herz das hattest du nur *ihr*
geschenkt,
doch sie, sie wollten reisen
sie wollte in ein fernes Land
und kosten von den süßen Speisen
und leben dort am Strand.

Sie kam nicht wieder
ließ dich zurück.
Und nun suchst du
dein Lebensglück
in jeder Stundenblume.
Verziehst dich dann
mit *ihrem* Bild
in deine Dunkelkammer
und leidest leise vor dich hin
und schläfst ein in deinem Jammer

Den Schmerz,
den kann ich dir nicht nehmen
doch sei getrost,
das geht vorbei.
Ich bitt' dich,
geh' wieder raus ins Leben
und nimm' mich mit
ich bin dabei!

Gehirnwäsche

Du sagst,
das Universum
sei in meinem Kopf
und bewunderst
meinen
"ungeschulten" Geist.

Doch
auch du willst
mich verbiegen
meinen Geist
doch endlich kultivieren
mit ellenlangen Lügen
versteckt
im Zuckerguß.

Die Sklavin

Der Räuber kam getarnt als Prinz
in goldener Kutsche
und du hast ihn nicht erkannt.

Jetzt mußt du im Käfig
dein Dasein fristen
golden zwar und super-chic.

Doch für ein bißchen
wohl dosierter Liebe
hast du Sicherheit,
dein Herz,
deinen Mut
und deinen Stolz
verkauft.

Dein Prinz,
der ist nicht lang' geblieben,
ging heim zu Frau und Kind
und mit ihm seine Lügen.

Sag mir,
wie lange willst du denn noch warten
und seinen Worten glauben
honigsüß?
Bis nichts mehr von dir übrig ist?

Abhängig

Er zahlt dir deine Wohnung
sorgt für den Lebensunterhalt
und deine Einsamkeit
die läßt ihn kalt?

Er ruft dich an
zweimal am Tag
du klebst am Telefon
und wartest bang
bist glücklich, schwebst auf Wolken
fünf Minuten lang.

Dann bist du wieder allein
und mußt mit dem zufrieden sein
was er dir gibt
und fragst dich später.

Ob er dich wirklich liebt?

Lügen

Morgens siehst du dich im Spiegel
und fühlst dich schrecklich mies.
Dein Gewissen plagt dich
ziemlich fies.
Du magst dich
selber nicht mehr leiden,
doch irgendwann
mußt du dich mal entscheiden
oder weiter lügen
und noch mehr Pickel kriegen.

Beziehung zu dritt

Du kamst zu mir
und wolltest dich erholen
Ruhe haben und etwas Zeit
und brachtest auch
den Koffer
voller Sorgen und Probleme
mit.

Sie schlief
zwischen uns
im Bett
sogar beim Frühstück
war sie mit dabei.

Ich hörte zu
wie die Mutter
deiner Vollpension.

Die Rechnung
blieb
bis heute
offen.

Sehnsucht

Mein Körper vibriert und ich hab'
Gänsehaut
erinnere mich an deine warmen Hände
die mich doch gerade erst liebkosten
und mir das Leben wieder gaben
seltsam das Gefühl
so sehr vertraut.

Sehnsucht steigt in mir auf -
unbändige Sehnsucht
mich an dich zu schmiegen
ganz fest
dein schönes Gesicht zu streicheln
völlig eintauchen
in dieser Woge der Sinnlichkeit
die mich alles vergessen läßt.

Ich möchte meine Schwingen öffnen -
jetzt
ganz weit
und mit dir fliegen!

Magie

Stell dir vor,
wir hätten nicht gesucht
und nicht gefunden,
was hätten wir verpaßt ?!

Das erste sanfte Lächeln,
ließ unsere Sonnen strahlen,
ließ unsere Augen staunend sagen:
Das gibt's doch nicht!

Der erste Kuss
ganz zart und auch verlegen
weckte die Erinnerung
an den längst vergessenen
Duft der Rose.

Ein stummes Einvernehmen
vom ersten Augenblick an.

Es war perfekt -
beinahe vollkommen
so absolut!

Hätte das Schicksal
nicht grausam
ein paar Hürden eingebaut
auf unserem Pfad der Träume.

Und dennoch ....

folgen wir dem Duft der Rose.
Zu verheißungsvoll
lockt die Süße des Honigs
und getrieben von
unerfüllter Sehnsucht
wollen wir
gemeinsam
im Kelch
versinken...

Realität

Gerade als ich meine Flügel
ganz weit öffnete
kam der große Regen.

Sehnsüchtig
sehe ich
den vorüberziehenden
Wolken
nach.

Himmel und Hölle

Wir sahen uns wieder
nach 4 Wochen
ich hatte dich so sehr vermißt
wir fielen uns die Arme
und hielten uns ganz fest.

Es tat so gut dich ganz nah zu spüren
jetzt soll bloß keiner stören!

Doch nach zwei Stunden schon
hieß es wieder: Bye, bye!
Es war so wunderschön mit dir
und die Zeit ging so schnell vorbei.

Jetzt bin ich wieder allein
und höre unsere Lieder
und frage mich:

Wann sehen wir uns wieder?

Warten

Wie immer sitze ich am Telefon
zur selben Stunde
und warte.

Doch kein Klingeln
nicht ein Ton

Na warte!

Und wütend, zornig, traurig
ziehe ich meine Runden
durch mein Zimmer
und krame nach
Erinnerung -
wie immer.

Geburtstag

Ich ging mal eben in die Stadt
dir ein Geschenk zu kaufen
Ich lief mir echt die Füße platt
und ließ den Einkauf schließlich sausen.

Denn was es auch sei
es würde dich verraten
und mich.

Ganz schlechte Karten!

Ich ging nach Hause tief betrübt
und griff nun in die Tasten.
Es ließ mich doch nicht rasten
und sang
dir dein Geburtstagslied.

Familienfest

Geburtstag -
Alle waren da
sogar mein Lieblingskuchen
stand auf dem Tisch.

Wir feierten und ich ging
nach dir und einer Nachricht
suchen.

Keine Mail,
kein Anruf,
nicht ein Wort
noch nicht mal eine Karte
weit und breit.

Ich redete mir ein
es sei der Streß
oder die fehlende Gelegenheit?
Und hätt's doch
besser wissen
müssen.

Ich blies die Kerzen aus
und hab dein Bild
in mir
zerrissen.

Momentaufnahme

Ich betrachte dein Bild
und etwas in mir
wird unglaublich stark.

Ich sehe die Wege,
auf denen wir uns trafen,
lachend,
liebend,
tröstend,
barfuß,
Hand in Hand.

Ich sehe die verschlungenen Wege,
die wir nun gehen müssen,
ganz allein
du für dich
und ich für mich.

Und - ich sehe den Weg
hinter der Biegung
weit in der Ferne
der uns vielleicht
wieder zusammenführt
irgendwann ...

Unerfüllte Wünsche

Der Tag erwacht
und auch dein Streben
nach einem schöneren
erfüllten Leben.

Doch du verbringst den Tag
mit langen Reden
was du machen möchtest -
irgendwann
vielleicht auch ändern kannst
und erst bewegen! -

doch dann

wenn der Mond
schon längst am Himmel steht
und deine Schlafenszeit beginnt
dann hältst du immer noch
die langen Reden
und deine Zeit
verrinnt.

Und weit und breit
kein Prinz zu sehen,
der dich aus deinem
Turm befreit.

Die beste Freundin

Sie kam zu mir und wir
redeten stundenlang.
Trösteten uns gegenseitig,
denn wir liebten
ein und denselben Mann,
der sich nicht entscheiden wollte.

Er wollte beides:
Seine Frau,
die das Haus versorgte.

Und die Geliebte,
die den Müll entsorgte.

Sie und ich wir sahen uns an
wir wollten beide diesen einen Mann!
Und wurden schließlich
die besten Freunde.

Ups and downs

Er fährt in den Urlaub
mit seiner Frau.
Du sitzt zu Hause
und quälst dich.
Lenkst dich mich
kochen und schrubben ab.
Bloß nicht daran denken
was die alles zusammen machen!

Bist zornig, traurig,
wütend, explodierst.
Fällst in den Keller,
klebst an der Decke.

Dann steht er wieder
in der Tür
und seine Augen
lassen dich die Qual
einfach
vergessen.

Unverhofftes Wiedersehen

Wir trafen uns in einer Kneipe
unverhofft
und tranken Bier.
Du wolltest wieder haben
was ich dir damals bot.

Und sprachst von tiefen Gefühlen
das waren Worte nur.

Nicht mit mir!

Nicht schon wieder
diese schreckliche Tortur!

Nicht schon wieder diese Lügen!

Und die Liebe?

Die war längst tot.

Abschied

Nehmen und Geben

Damals kamst du zu mir
wie ein kleiner Spatz
mit gestutzten Flügeln.

Du hattest verlernt zu fliegen.

Durch viel Liebe und Verständnis
wuchsen deine Flügel
kaum merklich nach.

Deine Wunden sind verheilt.

Heute sehe ich dich traurig
in meinem
viel zu eng gewordenen Käfig sitzen.

Ich vergaß, daß du auch
den Himmel brauchst,
um deine Schwingen
frei
entfalten zu können.

Ich öffne den Käfig und laß' dich fliegen.

Lange sehe ich dir nach ...

Der Gesang der sterbenden Liebe

Vor langer Zeit waren wir noch Freunde
und mußtet lügen
für ein bißchen Zweisamkeit.
Meistens waren wir ja zu dritt
doch ich machte alles mit.
Zum Denken
nahmen wir uns nicht die Zeit,
doch es war herrlich ruhig und Frieden.

Ich liebte dich sehr, ganz ehrlich.
Mitunter war es auch gefährlich,
wenn ich nur an die Kollegen denke!
Doch es war auch unsere schönste Zeit.

Irgendwann da kam das Kollektiv,
diktierte uns die Regeln.
Wir waren jetzt auch offiziell ein Paar
aus Steuergründen - klar!
Das war die reinste Kriegserklärung!
Und irgendwie ging alles gründlich
schief.

Die Familie gab den Senf dazu
und trieb den Keil noch tiefer - immerzu.

Betroffen standen wir dann
vor dem Grab unserer Träume
das wir mit aller Kraft
noch selber ausgehoben.

Unsere Glut war längst verglommen
und wollt nicht wiederkommen.

Wer war denn nun betrogen?

Die schwarzen Raben kamen rasch
mit ihren Taschenrechnern
und nahmen uns auch noch das Letzte.
Und unsere einstmals große Liebe
war nur noch
ein Zahlenspiel.
Und zwischen uns die Kinder.

Wir sind die Wurzeln und ihr Netz
und ich hoffe, du verstehst.
Sie werden schon selber fliegen
Irgendwann,
doch dann
will ich mein Leben wieder leben
und geben was von mir übrig ist.
Doch nicht an dich,
denn meine Seele ist zuliefst verletzt.

Ich war verfolgt von deinem Hass
und ich hab oftmals hungern müssen
damit die Kinder was zu beißen hatten
in unserer Räuberhöhle.
Hier gab es nichts
noch nicht mal Ratten.
Und du gingst Tanzen.

Verzeihen kann ich
doch, oh ja
doch nicht vergessen.

Drum' geh'
und leb' dein Leben
und lass' mir meines

Adieu!

Adieu

Das letzte Mal, als wir uns sahen
da warst du ziemlich aufgebracht.
Die Nachbarn hatten was gemerkt
und dein Frau
daran hatte ich nicht gedacht!

Jetzt war alles so verkehrt?!

Du schlugst die Tür mir vor der Nase zu
für immer
und ich konnt' nichts mehr sagen.

Und nu?

Ich blieb allein mit meinen Fragen.

Per eMail botest du mir deine
Freundschaft an
und batest um Verständnis -

Noch schlimmer !

Es tat weh, oh ja
botest Hilfe an sogar.
Und plumps,
das war's
unser Verhältnis.

Abschied mal anders

Deine Stimme sprach
aus meinem Handy
verkündete das Ende
unserer Affäre
und du warst daheim
bei deiner Frau.
Wirklich candy!

Ich könnt' dich in der Luft zerreißen
Du Schuft!
und mir selber in die Zehen beißen.

Ich hab's ja vorher schon gewußt
und muß mich jetzt am Riemen reißen
irgendwo da oben
in der Luft.

Genervt

Schon wieder Streit
um Nichtigkeiten.

Schluß,
aus und vorbei!

Genug vom "ewigen sich lieben"
und den ganzen Lügen.
Und ich war wieder
Handy-frei!

Freiheit

Ausgebrochen

Freiheit, Freiheit, süße Freiheit
nimm' mich fest in deinen Arm.
Losgelöst von allen Fesseln
steh' ich hier nun nackt und bloß.
Ich weiß, ich hab' dich fast vergessen
doch sieh', ich steh' zu dir.

In Tränen will ich nicht ersticken,
drum' öffne deine Tür.
Leben will ich, einfach leben.
Luft zum Atmen haben.

Lass' den Keim der Hoffnung treiben,
daß ich stark sein kann - jeden Tag.
Ich nehm' ihn an,
den Schmerz des Sterbens,
ich weiß, daß er dazu gehört.

Lang genug stand ich im Schatten
und ich sehe endlich Licht.
Aufrecht will ich durch die Pforte gehen,
nicht mehr klein und kümmerlich.

In den Spiegel kann ich blicken,
die Erkenntnis strahlt mich an.
Meine Lippen formen Worte,
ganz bewußt und ohne Angst.

Und ich weiß es,
endlich weiß ich!
Daß auch ich *mich* lieben kann.

Der nächste Frühling kommt bestimmt

So wie der Frühling Einzug hält
und die Natur sich zeigt
in neuem Kleide,
so wandelt sich auch unsere Liebe.

Erwacht aus tiefem Winterschlaf
tastet sie sich vorsichtig in diese Welt
der Stürme und des Sonnenscheins.

Unsere Vorräte sind verbraucht
und es drängt uns zu neuen Taten.

Wir spüren in uns eine kleine Flamme,
die genährt von Energie
und Hunger nach Unvorstellbarem,
größer und größer wird ...

... L E B E N !

Unbelehrbar

Pssst... ein Geheimnis
noch am Schluß:

Das Handy ließ ich
neben meinem Bette liegen
betriebsbereit
Es könnt' ja wieder
Leben kriegen?

Gruß und Kuß